LES TROIS FILS DE MADAME DE CHASANS

PAR HENRI DE RÉGNIER

Les Amis d'Edouard
N° 49

à Philippe Barrès

petit-fils d'un soldat de la grande armée

ces silhouettes d'émigrés et de soldats

de la vieille armée

avec la sympathie

d'un ami et d'un admirateur

de son père

Henri de Régnier

Août 1925

LES TROIS FILS
DE MADAME DE CHASANS

Tiré à 200 exemplaires hors commerce dont :

6 exemplaires sur Japon numérotés 1 à 6 ;

Et 194 exemplaires sur Arches numérotés 7 à 200, pour les Amis d'Édouard.

Exemplaire N° 25

LES TROIS FILS DE MADAME DE CHASANS

PAR HENRI DE RÉGNIER

Les Amis d'Edouard
N° 49

On a beaucoup écrit sur les vieux portraits. Baudelaire parle de leurs « yeux attirants ». Il est certain que ces figures d'autrefois, fixées sur la toile ou le papier, en leurs lignes ou leurs couleurs, ont un charme singulier. Le passé nous en a légué de toutes sortes, visages illustres ou inconnus. Il y en a qui appartiennent à l'histoire par ceux qu'ils représentent, hommes publics ou femmes célèbres. Il en est qui doivent à l'art seul du peintre leur intérêt permanent. D'autres qui ne sont ni des chefs-d'œuvre de métier, ni des effigies fameuses n'en méritent pas moins notre attention. Masques anonymes, profils incertains, ils provoquent d'autant mieux à la rêverie qu'ils ne sont plus personne, si l'on peut dire. Ils n'ont plus qu'une valeur humaine. Ils nous offrent de la vie à déchiffrer et nous nous plaisons à imaginer ce qu'ils furent, ne sachant rien de ce qu'ils ont été. Leur costume nous apprend leur siècle, leur condition, leur rang. C'est tout. Pour le reste, à nous d'interpréter leurs traits, de commenter leur sourire ou leur moue. Ils sont vraiment à nous ces portraits solitaires. Nous disposons d'eux à notre gré. Ils nous retiennent par une obscure curiosité. Qui sait si l'un d'entre eux n'est pas quelque aïeul ignoré ? Les choses se dispersent et se retrouvent si singulièrement et le hasard crée des rencontres si mystérieuses !

A défaut des anneaux lointains de cette chaîne de visages dont nous sommes le chaînon actuel, reportons-nous à ceux qui sont jusqu'à nous parvenus. J'ai chez moi quelques-uns de ces portraits de famille et je les interroge parfois avec curiosité. Les plus anciens ne datent guère que du milieu du XVIIIe siècle et cependant je sais bien peu de la vie qu'ont vécue les gens qu'ils représentent. Une existence d'homme ou de femme qui ne furent ni célèbres, ni fameux et qui, sans être du commun, se contentèrent d'être de leur temps, laisse bien peu de traces après elle, même dans la mémoire de leurs descendants. Au bout d'un siècle et demi il ne subsiste guère plus d'eux que leur nom, quelques faits, quelques dates. Pour en savoir davantage c'est leur visage qu'il faut scruter. Lui seul peut nous livrer quelques indices de leurs goûts, de leur caractère, de leur pensée, de leur âme, de quoi nous aider à les faire revivre en notre souvenir. Mais se prêteront-ils à ces confidences d'outre-tombe? Il y a des portraits à jamais taciturnes et dont nous ne vaincrons jamais le silence.

Parmi ces portraits familiaux, il en est un auquel je m'adresse volontiers. Ce sous-lieutenant au Régiment de Royal-

Dragons fut mon bisaïeul paternel. Il est peint à mi-corps. A son côté est posé son casque dont on distingue la garniture de peau de tigre et le court plumet blanc. Sous son bras apparaît la poignée du sabre. Il porte, selon l'ordonnance, l'habit veste de drap vert foncé, avec parements et revers écarlates, collet blanc, boutons blancs et l'épaulette de tresse d'argent. Au cou la cravate de mousseline s'épanouit en élégant jabot. J'aime cette figure fraîche et nette, aux yeux francs, sous la poudre de la perruque courte. La toile est médiocre, mais sincère, exécutée en 1763. Mon bisaïeul François de Régnier avait alors dix-huit ans, étant né à Craonne, en 1745. J'ai son acte de baptême ; j'y vois qu'il était fils de Gabriel-François de

Régnier, brigadier des Chevau-Légers de la Garde ordinaire du Roi, Chevalier de Saint-Louis, et de Marguerite-Françoise de Villelongue [1]. Fils d'un vieux soldat, mort après trente années de service dont six campagnes sur le Rhin, en Flandres, en Allemagne, mon bisaïeul François servit à son tour [2]. Ses preuves, faites pour être admis au nombre des jeunes gentilshommes que le Roi faisait élever à son École Militaire, il en sortit en 1761, des quatre premiers, avec la pension d'usage et la Croix de l'Ordre de Saint-Lazare et de Notre-Dame-du-Mont-Carmel qu'on leur donnait. Cornette dans la Compagnie de Douradour au Royal-Dragons, il ne quitta le Régiment qu'en 1789, avec le grade de Capitaine et la Croix de Saint-Louis. Son dossier conservé aux archives du Ministère de la Guerre le note comme bon officier. J'ai là sous les yeux ses divers brevets et commissions : j'ai aussi sa radiation de la liste des Émigrés, son « certificat d'amnistie » comme l'on disait, car il émigra, servit à l'armée des Princes et ne rentra en France qu'en 1802. C'est de cette époque ou de peu avant que date le charmant portrait que je possède de sa femme, un crayon rehaussé de couleur où apparaît son profil fin et pur sous un grand bonnet à la mode d'alors. Elle porte un corsage à grosses manches sur lequel se croise un fichu de linon. Elle s'appelait Henriette-Charlotte de Léonardy [3]. Mon bisaïeul l'avait épousée en 1779. Il lui survécut et ne mourut qu'en 1825. Tous deux reposent dans le petit cimetière de La Lobbe, humble village du département des Ardennes, où ils s'étaient retirés au retour de l'Émigration. La maison qu'ils habitaient existe encore et sert de maison d'école[4]. Ils y vivaient presque pauvrement, leurs biens de ci-devants devenus Biens Nationaux. Ainsi deux portraits, quelques pièces de greffe, de notariat et de bureau, c'est tout ce qu'ils ont laissé d'eux. Pour en savoir plus, je n'ai que la confidence de leurs visages et de leurs yeux, à moins que quelque trouvaille de correspondance, que quelque hasard improbable m'aide à pénétrer dans la lointaine intimité de leurs pensées et de leurs âmes.

Un hasard heureux a mis entre mes mains un petit document concernant une autre des figures familiales dont je possède l'effigie. Elle représente aussi un bisaïeul, mais celui-là du côté maternel. Le document dont il s'agit n'a pas certes de valeur historique, ni de mérite littéraire ; il est d'ordre privé, mais assez amusant, à ce qu'il m'a semblé, pour pouvoir amuser les personnes curieuses des mœurs d'autrefois. Aussi me suis-je cru permis d'en faire part aux amateurs de vieux papiers. On y trouve parfois de menus renseignements qui contribuent par de petits détails véridiques à nous donner une connaissance plus intime du passé. Rien n'est tout à fait négligeable de ces, même minimes, témoignages. Écoutons-les. Écoutez celui-là, mais laissez-moi d'abord vous présenter l'un des personnages auquel il se rapporte. Une assez médiocre miniature qu'entoure un cadre de bois noir le montre vêtu d'un habit bleu, le cou cerclé d'une ample cravate de mousseline dont les bouts font papillon. C'est un homme d'une quarantaine d'années. Il a la tête ronde, les cheveux coupés ras, l'oreille grande, le nez fin et pointu, les yeux vifs. Il se nomme Alexandre-Anne du Bard de Curley. Il est né à Beaune en Bourgogne en 1765.

La famille à laquelle il appartenait tenait un rang honorable dans la Province. Elle remontait à un certain Yves du Bard, vivant aux premières années du XVIe siècle, dont le petit-fils François occupait en 1607 la charge de notaire et greffier en chef héréditaire de la Chatellenie et Prévôté Royale de Vergy. Ce dernier eut entre autres enfants un fils, Antoine du Bard, qui épousa en 1662 Marie de Saumaise de Chasans. Cette Marie de Saumaise avait pour père François de Saumaise, Seigneur de Chasans et de Curley, secrétaire des Commandements de Monsieur, frère du Roi, et plus tard Procureur général de la Chambre des Comptes de Bourgogne et de Bresse. La famille Saumaise, fort ancienne puisqu'elle commençait sa filiation à Etienne de Saumaise, chevalier, vivant en 1269, comptait parmi les siens le fameux érudit Claude de Saumaise dit Le Docte et Charlotte de Saumaise, comtesse de Brégy, Précieuse notoire et qui a son historiette dans Tallemant des Réaux. Par cette alliance les du Bard acquéraient les Seigneuries de Chasans et de Curley qu'Antoine du Bard transmit à son fils Marc-Antoine et qui passèrent au seul rejeton mâle des onze enfants qu'eut ce dernier de son mariage avec une demoiselle de Vergnette. C'est donc de Seigneur de Chasans et de Curley, aussi bien que de Ternant, Semesanges, les Rocherons, Prénevalle et autres lieux, qu'est qualifié en 1751 Bénigne-André-Charles du Bard de Chasans, lors de son mariage à Beaune avec Étiennette-Françoise Barault, fille de Nicolas-Jean Barault, maire ou *Vierg* de la ville d'Autun, élu de la Province [5].

C'était un fort majestueux beau-père

qu'avait là Bénigne-André-Charles du Bard. Son portrait que j'ai sous les yeux occupe une toile de bonne dimension qu'il remplit de sa prestance et qu'entoure un fort beau cadre de bois sculpté et doré. Il y étale les amples plis de sa robe couleur de prune à parements de soie rouge. Son menton repose sur un rabat bleu liseré de blanc. Il a le visage grave et plein sous une considérable perruque. Sa main, couverte d'un gant de peau blanche brodé d'or, tient fièrement un bâton garni d'étoffe bleue autour duquel s'enroule en spirale une banderole d'or. C'est l'insigne de sa magistrature dont le titulaire à Autun portait le nom gaulois de Vierg. Bénigne-André-Charles devait être un gendre respectueux ; il savait ce que l'on se doit entre gens de robe, étant lui-même conseiller-maître en la Chambre des Comptes de Dôle. A sa mort, en 1780, il laissa trois fils. L'aîné Philibert-Jean fut désigné du nom de du Bard de Ternant ; le second Louis-Henri, de celui de du Bard de Chasans ; et le troisième Alexandre-Anne fut du Bard de Curley. C'est le seul dont la figure me soit connue par la miniature dont j'ai parlé.

Il avait quinze ans en 1780, quand son père mourut. Veuve, madame du Bard de Chasans se retira à Beaune avec ses trois fils. C'est à eux trois que se rapporte le petit document familial qui est le sujet de cette étude. C'est un cahier de papier jauni dont les feuillets sont retenus ensemble par un ruban de soie verte, très passée. Ces feuillets sont couverts d'une écriture assez lisible, parfois inégale et raturée. Elle est de la main de madame de Chasans. La première feuille qui sert de couverture porte ces mots : *Mes Enfants.* Or, ce que madame de Chasans inscrivait là, ce n'étaient ni des remarques de caractères ou de santé, ni des principes d'éducation. Elle se contentait d'y noter naïvement et succinctement les dépenses qu'elle faisait pour ses trois fils. Chacun d'eux y est calculé et évalué à son tour. Parfois une brève réflexion s'ajoute au compte des débours. Occupation maternelle et ménagère, rien de plus.

Ah ! comme j'imagine bien ma bonne bisaïeule, en son hôtel de la petite ville bourguignonne de Beaune ! Elle s'est assise dans son fauteuil, elle a tiré de l'étui ses bésicles d'écaille, ouvert le tiroir de son secrétaire où les rouleaux de louis n'abondent pas, mouché la chandelle et placé devant elle le cahier dont le ruban vert a alors sa vive couleur. Elle songe à ses garçons absents, car tous trois ont quitté successivement la maison, Ternant en 1784, Chasans, qui l'a devancé, en 1780, Curley seulement en 1786. Elle est seule et elle songe. Le couvre-feu a sonné depuis longtemps. Les servantes sont remontées dans les galetas. La maison est silencieuse dans la petite ville endormie. Madame de Chasans songe, suppute. Quelles nouvelles apportera demain le courrier ? Qu'aura-t-elle à noter sur son cahier ? D'un tiroir elle extrait la dernière lettre de Chasans, puis elle la repose sur la petite table qui est près d'elle, la même peut-être qui est là auprès de moi et qui lui a appartenu. Elle soupire et lève les yeux. Au mur, en son cadre doré, le portrait de son père la regarde. Elle aurait besoin des conseils de ce sage homme. Il est là en son ample robe, sous sa vaste perruque, en sa muette dignité, la main à son bâton de Vierg. Il ne serait pas de trop ce bâton, pour corriger les frasques de cette jeunesse ! Mais à quoi bon soupirer, ne vaut-il pas mieux se résigner, veiller au nécessaire, réparer les sottises, préparer l'avenir ? Peut-être payera-t-il toutes les transes du présent ? Madame de Chasans baisse les yeux et elle relit, à travers les verres de ses lunettes, sur la couverture du cahier ces mots : *Mes Enfants* qui contiennent pour elle tant de tendresse et de soucis...

*
* *

La première page du cahier de madame de Chasans porte cette déclaration : « Philibert-Jean du Bard de Ternant, mon fils aîné, m'a coûté pour son éducation, placement et dettes que j'ai payées pour lui, 12 000 livres, mais à ce mois de février 1784, je lui ai mandé qu'il ne lui serait rien compté pour le passé. Il faut espérer qu'il sera plus sage à l'avenir ».

Suivent diverses mentions : « Le 15 novembre 1784 envoyé à mon fils aîné une inscription sur le Trésorier des guerres de 140 livres. »

« Le 11 mai 1785 envoyé pour compléter sa « pantion » une lettre de change signée Monge de 579 livres. »

Aussitôt après se lisent quelques lignes d'une écriture différente : « J'ai reçu de ma mère, la somme de 720 livres. Fait à Beaune le 14 février 1786. Du Bard de Ternant. » Puis le cahier se tait jusqu'au 30 avril 1787, où est consigné l'envoi de deux lettres de change d'une somme de 720 livres, montant de la « pantion » du jeune Ternant.

Pour l'année 1788 le cahier relate trois envois. Ceux du 30 mai et du 11 août sont adressés à Saint-Omer où le jeune Ternant se trouve avec son régiment. La lettre du 30 mai est de 720 livres « tirée par M. Monge sur M. Félix son banquier à Paris. » Celle du 11 août est envoyée « sous l'enveloppe de M. du Vigneau, à l'occasion du camp ». Elle est de 1 200 livres. Le 2 octobre 1789, madame de Chasans compte à son fils sa « pantion » de 720 livres qui n'échoit qu'en mai. En octobre 1790, elle lui remet les biens de son père, moyennant pension à ses frères. Enfin le 4 mai 1791 elle relate : « Je lui ai compté 800 livres pour acheter son équipage en cas de guerre. Il avait déjà eu 1 200 livres pour cela à Saint-Omer. »

L'écriture de cette dernière note est tremblée. La frange du papier en bas de page a bu l'encre. On devait commencer à s'inquiéter des événements dans la tranquille maison de Beaune. Les mauvais temps sont proches. Je ne sais trop comment les passa Jean-Philibert, sinon que, émigré, il fit les campagnes de l'armée des Princes. Rentré en France et réintégré dans l'arme du Génie où il avait servi avant la Révolution, il y devint lieutenant-colonel et reçut la croix de Saint-Louis. Il avait épousé à Fribourg-en-Brisgau une demoiselle Catherine Klein et en eut une fille mariée à M. Barbier de Reulle. Ce fut chez elle qu'il mourut le 12 octobre 1835, au château d'Entre-deux-Monts.

Continuons à feuilleter le minutieux petit cahier. Après deux pages blanches j'y retrouve l'écriture de madame de Chasans. Elle y inscrit : « Détail pour Louis-François-Henri du Bard, mon second fils » et elle ajoute : « Il est parti d'ici le 24 octobre 1780 ; il a emporté en linge, hardes, nippes la valeur en argent de 144 livres » ; mais déjà l'année 1781 ne se passe pas sans encombre. S'il faut à Chasans un « abit » bourgeois pour paraître à l'examen et un « mantaut », il lui faut aussi 215 livres pour payer ses dettes. La vie est coûteuse à Metz quand on s'y prépare à être officier d'artillerie et qu'on n'est pas très raisonnable, aussi faut-il bientôt trouver 225 livres à envoyer au jeune Chasans « pour faire des présents en vin à ceux qui lui ont rendu service ». D'ailleurs, en 1783, les choses se compliquent et le

11 juillet les dettes « faites au jeu » apparaissent, nécessitant un envoi de 805 livres.

Ces faits expliquent le retour à Beaune le 17 août du jeune ponte, retour qui coûte 108 livres. Notre décavé ne dut pas être trop bien accueilli : « Il avait vendu à Metz un couvert d'argent armorié et un gobelet. » Cependant, une fois au bercail, on ne le renippe pas moins en linge et habits. A son départ, le 7 octobre, sa mère lui remet 400 livres, mais dès le 2 avril 1784, les dettes recommencent. Elles se montent à 1 476 livres et ce n'est pas tout. Je lis : « Le 30 avril 1784 envoyé à M. de Chaulne, toujours pour payer les sottises de Chasans, 800 livres » et le 14 juin de la même année : « Envoyé à M. de Chaulne une lettre de change de 200 livres pour guérir mon fils de la maladie qu'il avait prise à grand frais. » Néanmoins on ne tient pas rigueur à l'écervelé ; le 18 novembre 1784 moyennant 177 livres on lui achète : « de quoi faire un habit, veste, deux culottes uniforme avec toutes les doublures. »

Pendant les années 1785, 86, 87, 88, les lettres de change se suivent régulièrement, presque toujours signées de M. Monge, jusqu'au 6 septembre 1789 où de nouvelles dettes nécessitent un envoi de 7 405 livres. En novembre, il faut encore 1 500 livres. Aux dettes se joignent les emprunts : 2 000 livres à M. de Champeaux ; 1 200 livres « à un Juif ». Pour faire face à ces débours, madame de Chasans est obligée, de son côté, d'emprunter. Un de ces emprunts de 2 400 livres, fait le 13 novembre 1789, est remboursable le 13 novembre 1790, avec intérêt au denier vingt. Nous voici maintenant en 1791. Au mois de mai, Louis-François-Henri du Bard de Chasans reçoit encore 1.600 livres « pour son équipage en cas de guere ». L'envoi est fait à Metz. Celui de 800 livres en trois fois, novembre, décembre 1792, est adressé à Verviers et Dusseldorff. Chasans a passé la frontière et a émigré. En émigration il retrouva son frère Ternant à l'armée des Princes. Ce mauvais garçon devint un bon officier. Capitaine d'artillerie, chevalier de Saint-Louis, il commanda le fort Griffon et fut gouverneur de la citadelle de Besançon. Démissionnaire en 1830, il avait épousé la comtesse Marie-Frédérique de Brachet, chanoinesse du chapitre noble de Neuville. Il mourut le 24 janvier 1837.

* * *

Les deux dernières pages du cahier de madame de Chasans sont consacrées à son troisième fils Anne-Alexandre du Bard de Curley. « Il a emporté d'ici, écrit sa mère, les hardes et nippes dont le mémoire est joint. » Ce mémoire, consigné sur une feuille volante, nous apprend comment était nippé, vêtu et pourvu le jeune Curley à la date du 1er décembre 1786. Je recopie en abrégeant de quelques articles.

LINGE

Quatre peignoirs dont deux presque neufs.

Quatorze chemises de toile commune et presque toutes hors d'état de servir.

Quinze chemises de bonne toile faites au commencement de 1784.

Quatorze chemises de plus belle toile faites en 1785.

Six chemises fines et très vieilles.

Dix-sept caleçons tant neufs que vieux.

Vingt-quatre mouchoirs de toile blanche, tant neufs que vieux.

Trente-six paires de chaussons.

Quatorze bonnets de coton assez bons.

Dix-huit bandeaux faits en 1785 et trois de différents morceaux.

Dix cols de basin blanc.

Six paires de bas de soie presque neufs et une vieille.

Neuf paires de bas de fil gros et fins et tant bons que mauvais.

Huit paires de bas de filoselle très courts et la plupart mauvais.

Un manteau de drap d'Elbeuf, bleu céleste, fait au commencement de 1785.

Un habit de drap fin couleur américaine, la culotte pareille et une veste de tissu d'or fait en 1784, à présent trop court et trop étroit et avancé beaucoup d'être usé.

Un habit de drap fin couleur queue de paon, la veste blanche en satin brodé la culotte en drap de soie fait en 1785.

Un habit de « baraquant » vert fait en 1783, plus portable.

Un habit de baraquant gris fer fait en 1784, retourné en 1786.

Un gilet de soie barré fait en 1783 et presque tout à fait usé.

Deux vestes et deux culottes de drap de coton blanc, une veste de piqure de Marseille, un habit complet de drap de coton couleur abricot.

Une anglaise de kalmouck rayé gris et la veste.
Un habit, la culotte de « cennetot » bleuâtre, le gilet de soie blanc brodé, fait pour l'été 1786.
Une anglaise de drap d'Elbeuf faite en octobre 1786.
Une culotte de drap de coton anglais couleur paille.
Deux culottes de satin « turque », l'une noire et l'autre grise où il y a déjà eu des fonds.
Deux chapeaux, l'un neuf, l'autre vieux.

NIPPES

Une épée à poignée d'argent, une montre en or et des boucles de souliers, de jarretière et de col en argent.

Où donc s'en allait ainsi nippé comme un personnage de comédie le jeune Curley avec son épée, ses boucles, son habit de couleur « américaine » et sa culotte de

« satin turque » ? Sans doute à Dijon étudier le droit, car le 18 juillet 1785 madame de Chasans note : « Donné à Curley pour sa « tèse de licencié » 168 livres. » On relève sur le cahier en mars 1787 la mention de 72 livres pour un voyage fait par Curley à Dijon, mais, avant cette décision prise, il y avait eu sans doute de l'incertitude. Avant d'opter pour la robe, le jeune Curley avait pensé à être d'épée comme ses frères. J'en ai trouvé la preuve par la lettre suivante, adressée à madame de Chasans « en son hôtel à Beaune en Bourgogne ». Cette lettre, datée de Paris le 3 janvier 1687, est signée Monge.

On a pu remarquer que le nom du célèbre mathématicien et de l'illustre savant figure à plusieurs reprises sur le cahier de madame de Chasans. Madame de Chasans se sert sans façon de Monge pour faire passer des lettres de change à ses fils. Cette part de Monge aux choses de famille indique des relations assez intimes entre Monge et la veuve de Bénigne-André Charles du Bard. Ma grand'mère m'a raconté que monsieur et madame du Bard de Chasans s'étaient intéressés à l'éducation du petit Gaspard Monge, né comme on sait à Beaune, d'un père qui y était marchand. Devenu un personnage marquant, Monge en avait conservé un souvenir reconnaissant. On en jugera par la lettre que voici :

Madame,

Aussitôt que j'eus reçu la lettre que vous

m'avez fait l'honneur de m'écrire et par laquelle vous me demandiez les moyens de faire entrer Monsieur votre fils dans le corps royal de l'Artillerie des Colonies, j'écrivis à M. Armerault, premier secrétaire de Mgr. le maréchal de Castries et à M. Manson, inspecteur général du Corps Royal. Je m'adressais en premier pour avoir des renseignements particuliers sur les conditions de réception ; il m'a conseillé de consulter M. Manson et en effet il ne pouvait me dire que cela. M. Manson ne me répondant pas, je lui ai écrit une seconde lettre qu'il a reçue à Strasbourg et à laquelle il m'a fait la réponse que j'ai l'honneur de vous envoyer. Cette réponse ne signifie rien et ne me donnerait aucun espoir si je ne devais pas le voir à son retour ; mais dès que je le saurai arrivé à Paris, j'irai le voir et je ferai tous mes efforts pour avoir une réponse satisfaisante. En attendant je vous conseillerai de faire apprendre à Monsieur votre fils : 1° les deux premiers volumes du cours de M. Bezout pour l'Artillerie ; 2° tout ce qu'il pourra des volumes suivants, puisqu'il y a concours, il est juste de donner les emplois aux plus instruits. S'il y avait plus de places à donner que de concurrents, on pourrait retenir tous ceux qui ont une instruction suffisante, mais lorsque les places sont peu nombreuses, les concurrents se les disputent.

Je vous prie, Madame, d'être bien persuadée du zèle que j'apporterai dans une affaire qui vous intéresse autant que celle-là, malheureusement je ne sais pas quand je pourrai vous en donner des nouvelles, parce que je ne sais quand M. Manson reviendra de Strasbourg et que je n'ai d'espoir de réussir qu'en traitant l'affaire de bouche avec lui.

M. de Montille m'a dit que MM. de Ternant et de Chasans étaient actuellement auprès de vous ; permettez, Madame, que je me rappelle ici à l'honneur de leur souvenir et comptez, je vous prie, sur le tendre et respectueux attachement, avec lequel j'ai l'honneur d'être, Madame, votre très humble et très obéissant serviteur.

MONGE.

Paris, le 3 janvier 1780.

Malgré le « zèle » de Monge, qui était à cette époque examinateur de la Marine, et son « tendre et respectueux attachement » ce projet n'eut pas de suite. Le jeune Curley en fut quitte pour potasser plus ou moins activement son « Bezout » avant d'entamer ses études juridiques, mais il était dit qu'Alexandre-Anne du Bard ne porterait pas plus l'épée qu'il ne revêtirait la robe. La Révolution ne lui permit pas d'acheter une charge au Parlement de Bourgogne et l'obligea à émigrer en Suisse avec sa mère qu'il ne voulut pas abandonner et qui y mourut. Rentré en France, il épousa en 1804 Adélaïde-Philippine d'Anthès [1] fille de François-Xavier-Georges, Baron d'Anthès et de Marie-Anne-Suzanne Joséphine, Baronne de Reuttner de Weyl, chanoinesse de l'Abbaye Équestre de Massevaux.

J'ai sous les yeux son testament. Il est d'un brave homme et d'un bon chrétien et contient, outre diverses dispositions concernant ses deux fils, la constitution d'une rente de 300 francs à sa vieille domestique Catherine Casin, plus une année complète de ses gages de 120 francs l'an pour lesquels elle n'avait jamais demandé d'augmentation durant trente-sept années de service. Ce testament daté de Chalon-sur-Saône, le 14 novembre 1847, est écrit et signé d'une main ferme. Le testateur ne mourut qu'en 1849, âgé de quatre-vingt-six ans. De ses deux fils, l'aîné Alexandre-Philibert-Joseph du Bard de Curley, marié en 1832 à Antoinette-Octavie de Guillermin [7], fut le père de ma mère, et c'est ainsi que sont venus jusqu'à moi la miniature au cadre noir, la lettre autographe de Monge, le cahier intitulé *Mes Enfants* sur les feuillets duquel une main maternelle a noté ces vieilles choses de famille assez touchantes en ce qu'elles ont eu de quotidien et d'éternel. A ces souvenirs du passé s'ajoute encore un cachet ancien avec lequel Ternant, Chasans ou Curley scellaient leurs lettres et dont l'écu montre sous un chef cousu d'azur chargé de trois quintefeuilles d'or, adossés, sur un champ de gueules, deux bars d'argent.

NOTES

1. Marguerite-Françoise de Villelongue était fille de Jean-Baptiste de Villelongue et de Simone Le Couvreur. Veuve de Louis de Flavigny, capitaine au Régiment d'Aumont Cavalerie, elle épousa Gabriel-François de Regnier, écuyer, Seigneur de Vigneux par contrat passé à Chaumont le 13 avril 1714. Un autre membre de cette famille, Nicolas de Villelongue, Seigneur de Neuvisy, avait épousé en 1684 Marie-Barbe de Régnier. Caumartin dans ses *Procès Verbaux de la Recherche de la Noblesse de Champagne*, en 1667, donne la généalogie de la maison de Villelongue. Il l'a fait commencer à Jean de Villelongue, marié en 1538 à Jeanne de la Mocque, remarié en 1549 à Alix d'Harzillemont, Jean de

Villelongue était homme d'armes de l'Ordonnance du Duc de Bouillon. Les dix enfants qu'il eût de ses deux femmes ont formé plusieurs branches. Toutes portent : écartelé au 1er et 4e d'argent au loup passant de sable, au 2e et 3e d'azur à la gerbe d'or liée de gueules.

2. A l'exemple paternel s'en ajoutaient d'autres. Trois frères de Gabriel-François servirent également, le premier, Charles-Antoine, comme lieutenant au Régiment de Touraine, le second, Jean-Claude, d'abord garde du Corps du Roi, puis capitaine de grenadiers au Régiment de Touraine, qui fut tué à l'ennemi en 1761 et enfin François de Régnier de Vigneux qui, enseigne au même Régiment de Touraine en 1710, capitaine en 1719, lieutenant-colonel en 1746, Brigadier d'Infanterie en 1758, se retira du service en 1759. Dix-sept campagnes lui valurent trois blessures et de prendre part aux batailles de Dettingen, de Creveld, de Laufeld, de Fontenoy, au siège de Berg-op-Zoom et à la défense de Linz en Bohême. Je trouve encore un François de Régnier, homme d'armes de la compagnie de Monsieur, frère du roi Louis XIII.

Son père Crespin de Régnier, seigneur de Vigneux-en-Thiérache, est qualifié en 1585 de capitaine de cinquante hommes d'armes de la compagnie de M. le maréchal de Balagny, dans le contrat de son mariage avec Elisabeth de Fay d'Athies, fille de Charles de Fay d'Athies, Seigneur de Bray-en-Thiérache, l'un des cent gentilshommes de la maison du Roi et de Jeanne de la Bove. Crespin de Régnier épousa en secondes noces Anne de Clercq. Ils vivaient encore tous deux en 1620.

3. Henriette-Charlotte de Léonardy était fille de Jacques-Joseph de Léonardy, écuyer, Seigneur de Maleroux, Chevalier de Saint-Louis, capitaine d'infanterie étrangère au Régiment de Lowendahl et de Françoise-Louise-Charlotte du Theysacq d'Armentières, veuve de Jean Le Sart de Prémont, baron de Sart. Le mariage eut lieu à Ardres le 30 novembre 1779. Henriette-Charlotte avait un frère, Louis-Joseph de Léonardy, officier au Régiment de Beaujolais dont la fille, qu'il eut de son mariage avec Madeleine de Guillermin, épousa, le 11 janvier 1816, mon grand-père Henri-Charles-François de Régnier (1789-1872).

4. Outre cette maison, construite en pierre et brique, et d'assez bonne apparence, qu'on appelait « le château d'en haut » il y avait aussi à Le Lobbe une autre habitation qu'on nommait « le château d'en bas ». Elle avait appartenu à la famille Canelle de Provisy et était devenue la propriété d'une sœur de mon grand-père Charlotte-Louise-Françoise de Régnier, mariée à François de Sales-Léonard-Maxime, Baron des Lyons.

5. A propos de Nicolas-Jean Barault je retrouve la lettre suivante : « Messieurs le Maire, échevins et habitants d'Autun, on m'a fait un rapport si avantageux de la capacité du sieur Barault, avocat, procureur du Roi de votre ville, que j'estime que vous ne sauriez faire un meilleur choix que de sa personne pour assister avec le maire à la tenue des Etats prochaine de la Province, d'autant plus qu'étant très informé des affaires de la ville il me parait fort capable de seconder le maire dans les choses où il s'agira des intérêts de la communauté. Je ne doute pas que chacun de vous ne lui donne volontiers ses suffrages pour cet emploi, mais je suis bien aise de vous dire que ce me sera une chose fort agréable,

et que dans les occasions qui se présenteront, je vous témoignerai avec plaisir que je suis

» Messieurs le maire, échevins et habitants d'Autun,

» Votre meilleur ami,

» L.-H. DE BOURBON. »

A Versailles, le 12 avril 1715.

Le signataire de cette lettre est Louis-Henri de Bourbon, duc de Bourbon et prince de Condé, ministre d'État, alors gouverneur de Bourgogne comme l'avait été son père Louis III, duc de Bourbon, petit-fils du Grand Condé.

6. La famille d'Anthès, originaire du Palatinat, s'établit en Alsace avec Jean-Henri Baron d'Anthès, Seigneur de Blotzheim, dont le fils Jean-Philippe d'Anthès, Baron de Longepierre (1699-1760) fut Conseiller au Conseil Souverain d'Alsace et dont le petit-fils, François-Henri, fut Président à mortier au Parlement de Dijon. Un frère de ce dernier fut le père de Joseph Conrad, Baron d'Anthès, marié en 1806 à Marie-Anne-Louise, Comtesse de Hatzfeld. De ce mariage naquit Georges-Charles,

Baron d'Anthès et de Heeckeren, député à la Constituante et à la Législative, Sénateur de l'Empire (1812-1895) qui épousa en 1837 à Saint-Pétersbourg Catherine, Baronne de Gontcharof, belle-sœur du poète Pouchkine que Georges de Heeckeren tua en un duel célèbre.

7. Antoinette-Octavie de Guillermin était fille d'Alphonse de Guillermin et de Justine Guillaume de Sermizelles, d'une famille originaire d'Avignon établie en Mâconnais et Charolais où elle s'est alliée aux maisons de Foudras et de Busseul, par le mariage d'Antoine de Guillermin, Seigneur de Mompiney avec Marie-Cunégonde de Foudras, et de leur fils : Antoine-Hilaire de Guillermin, Comte de Courcenay (1772) avec Antoinette-Delphine de Busseul.

DÉJA PARUS DANS « LES AMIS D'ÉDOUARD » :

L N° 1. *La Maîtresse Servante*, par Maurice BARRÈS.

E N° 2. *Pour Psyché*, par Charles MAURRAS.

S N° 3. *Digression peacockienne*, par Francis DE MIOMANDRE.

A N° 4. *Les préservatifs des dangers de l'amour à travers les âges*, par le Dr LE PILEUR.

M N° 5. *Prisme étrange de la maladie*, par François PORCHÉ.

I N° 6. *Je sors d'un bal paré...* par Remy DE GOURMONT.

S N° 7. *Un professeur de snobisme*, par Jacques BOULENGER.

D N° 8. *La comédie de celui qui épousa une femme muette*, par Anatole FRANCE.

É N° 9. *Regards sur le nid d'un rossignol de murailles*, par André ROUVEYRE.

D N° 10. *Le Suicide*, conte, par Fernand VANDÉREM.

O N° 11. *Eglogues imitées de Virgile,* par Emile HENRIOT.

U N° 12. *Hommage au Général Charette*, par Jérôme et Jean THARAUD.

A N° 13. *Les Œufs,* de Charles PERRAULT, publié par Marcel BOULENGER.

R N° 14. *Jean Lorrain,* par Octave UZANNE.

D N° 15. *M. Ernest Renan dans la Basse-Bretagne,* par Charles LE GOFFIC.

S N° 16. *Les leçons de Florence*, par Jean LONGNON.

O N° 17. *La veille de la Sainte-Agnès*, par John KEATS, traduction de Madame la Duchesse de Clermont-Tonnerre.

N N° 18. *En marge des « Confidences »*, par Louis BARTHOU.

T N° 19. *Le Tasse à l'Abbaye de Châalis*, par Louis GILLET.

L N° 20. *A Antoine*, par Edmond ROSTAND.

E N° 21. *Le Miracle*, par Georges DUHAMEL.

S N° 22. *Mon premier grand Chagrin*, par Pierre LOTI.

P N° 23. *Stendhal*, par UN DES QUARANTE [Paul BOURGET].

L N° 24. *Hommage à Stendhal*, par Edouard CHAMPION.

U N° 25. *Stendhal*, par Anatole FRANCE.

S N° 26. *Alain-Fournier*, par Edmond PILON.

A N° 27. *La folle journée*, par Emile MAZAUD.

I N° 28. *Retour des Drapeaux*, par le Maréchal LYAUTEY.

M N° 29. *Les « Harmonies » toscanes*, par Gabriel FAURE.

A N° 30. *Sur le Nil*, par Louis BERTRAND.

B N° 31. *A Jérusalem : Le Jeudi Saint de 1918*, par Henri MASSIS.

L N° 32. *La Soirée perdue*, par Eugène MONTFORT.

E N° 33. *Gabriel-Tristan Franconi*, par Fernand DIVOIRE.

S N° 34. *La Belle de Haguenau*, par Jean VARIOT.

A N° 35. *Dédicaces*, par Paul ADAM avec une introduction de P[aul] V[alery].

M N° 36. *Amazones*, par Eugène MARSAN.

I N° 37. *Gustave Flaubert*, par Paul Bourget.

S N° 38. *A Rudyard Kipling*, par la Comtesse de Noailles.

D N° 39. *Lyautey l'Africain*, par Claude Farrère.

U N° 40. *Ausonia Victrix*, par Pierre de Nolhac.

M N° 41. *Le Grenier de Dame Câline*, par Gaston Picard.

O N° 42. *Le Cœur parmi les choses*, par Georges Grappe.

N N° 43. *Sulpicia. Tablettes d'une Amoureuse*, publiées par Thierry Sandre.

D N° 44. *Alfred de Musset au Théâtre*, par André Suarès.

E N° 45. *Une promenade dans Rome sur les traces de Stendhal*, par le Comte Primoli.

A N° 46. *Ma pièce préférée*, par Maurice Boissard, avec quatre dessins d'André Rouveyre.

N N° 47. *Ernest Renan*, par Maurice Barrès.

A N° 48. *Valentine de Milan. Christine de Suède*, deux énigmes historiques par Ernest Renan.

IMPRIMERIE

F. PAILLART

ABBEVILLE

--

Juin 1923

www.ingramcontent.com/pod-product-compliance
Ingram Content Group UK Ltd.
Pitfield, Milton Keynes, MK11 3LW, UK
UKHW020438180726
13839UKWH00004B/1549

9 782329 590301